地上に落ちた天馬

竹川《たけかわ》新樹《あらき》

TAKEKAWA
Araki

文芸社

「あっ、虹《にじ》だー！」

学校からの帰り道、忠《ただし》たち四人の子どもが空を見上げてさけびました。

「あれはきっと、天上の神様がどこかへお出かけになるんだよ」

「あの、七色の橋をわたって？」

忠《ただし》たちは空にかかる七色の橋を見守りました。


「明日の運動会、お天気はだいじょうぶだね」

「きば戦、がんばるぞ」

忠《ただし》たちは、西の空一面にかかっている虹《にじ》を見上げて、明日の運動会の話をしながら、家に帰って行きました。

五月のある日のことです。

その日に何があったのでしょう?

それは、とてもうれしいことがありました。

たてがみに青い毛なみが見える仔馬《こうま》が生まれたのです。隣《となり》にはたてがみに黄色の毛なみの入った仔馬《こうま》も生まれました。

どこで生まれたのでしょう。

それは、わたしたちがいつも見ている、空にうかんでいる雲のどこかにある天上です。

天上に住んでいる、天馬の赤ちゃんです。

竜《りゅう》のひく金色の車に乗って、天上をおさめておられる大神様《おおかみさま》が、青いたてがみと黄色いたてがみの仔馬《こうま》のところに、誕生《たんじょう》のお祝いにいらっしゃいました。おともにはたくさんの天馬がいます。

そして、大神様は仔馬《こうま》たちに名前をつけてくださいました。

青いたてがみを持つ仔馬《こうま》に「ブール」、黄色いたてがみの仔馬《こうま》に「イエーロ」と命名なさいました。

たくさんのプレゼントもくださりました。それはおつきの天馬たちがうらやましくなるくらいのお祝いの品でした。

「ブールもイエーロも大きくなったら、わたしの金色の車の先導《せんどう》をしておくれ」

大神様はそうおっしゃって、たくさんの天馬を連れてお帰りになりました。

一年たち、二年がすぎて、夏が来ました。空は気持ちよく晴れて、すずしい風が鬼《おに》ごっこをしています。

遊びつかれたブールとイエーロは雲のかげで休んでいました。

その様子を見ていた、いつもいたずらをしてみんなにめいわくをかけている黒雲と雨が、ブールとイエーロをおどろかしてやろうと相談しています。

いじわるな黒雲が空いっぱいに広がり、いきなり雨をふらせました。

びっくりしたブールとイエーロはあわててにげました。

黒雲はそれを見るとおもしろがって、今度はゴロゴロゴロとやたらに太鼓《たいこ》をたたき始めました。

生まれてからこんなにすごい嵐《あらし》にあったことのないプールとイエーロは、お母さんのいるところへ走りだしました。前も見ないで夢中《むちゅう》で走りました。

でも、大変なことがおきてしまいました。夢中《むちゅう》で走ったプールとイエーロは雲から足をすべらせて、天空に投げ出され、下へ落ちていってしまったのです。

そして、プールとイエーロは入道雲の上に落ちました。でも、入道雲はつるつるとすべって、また、どんどん下に落ちていきました。プールとイエーロはだんだんに気が遠くなって、何もわからなくなってしまいました。

ブールは体が痛《いた》くて目が覚めました。あちこちが痛《いた》みます。

ぼんやりとあたりを見回しました。ざわざわと風がゆれて、何かが近づいてくるようです。

ブールは友だちのイエーロが来たのだと思いました。「イエーロ」とよんでみました。

でもちがいました。下界に住んでいる人間でした。

ブールは急にさびしくなりました。だってひとりぼっちになってしまったのですから。

その人間は、髪《かみ》の長い、やさしい顔をした女の子でした。女の子は少しもこわがらず、ブールに近づいてきました。そしてブールの体をやさしくなでました。

ブールははじめビクビクでしたが、体をなでてもらうのは気持ちのいいものだと思いました。そして、だんだんに気持ちが落ち着いてきました。

「きみは、だれ？」

聞いてみましたが、女の子はだまってブールの体をなでているだけでした。言葉が通じていないのです。

ブールは女の子が好きになりました。ブールは女の子の手をやさしくなめました。

ブールは体の痛《いた》いのをがまんして、やっとの思いで立ち上がりました。体の痛《いた》みは前よりもひどいようです。

女の子はブールが立ち上がったので、手をふって「さようなら」と言いました。でも、ブールはひとりぼっちになるのがいやだったので、女の子の後についていて歩きました。

「どうしたの？　帰るおうちがわからないの？」

その日、ブールは女の子のおうちの小屋にとめてもらいました。


次の日、朝の光がうすぐらい森をぬけ、光の矢となってブールのいる小屋にさしこんできました。その光がブールの体にあたると、ブールはエメラルドのように輝《かがや》きました。

ブールはそっと目をあけてみました。すると、今まで痛《いた》かった体のあちこちが、うそのように楽になり、元気が体の中にあふれてきました。

痛《いた》みがなくなると、もうじっとしてはいられません。

「イエーロをさがさなくては」

目の前には牧場のきれいな草原が広がり、ブールのいた雲の上のようです。

女の子がブールのいる小屋に来ました。草原を散歩してみようと思ったからです。

そこへ朝の仕事が終わったお父さんが来て、

「恵子《けいこ》、迷子《まいご》の仔馬《こうま》さん、元気になったかい？」

と、女の子にたずね、そばにいるブールの顔を見ました。

「元気になったようだね。お母さんや友だちとはなれて、さびしかったのだろうね」

恵子《けいこ》もブールの顔をのぞきました。ブールは恵子《けいこ》にやさしくしてもらったお礼を伝えようとしましたが、人間の言葉は知らないので、ただただうなずくように首をふりました。

「お父さん、この仔馬《こうま》の首を見て」

恵子《けいこ》はおどろいたようにお父さんに言いました。

「おっ、たてがみに青い毛がある。この仔馬《こうま》の名は、きっと青《あお》といんだよ」

「青や、お日様を浴びに行こうね」

恵子《けいこ》はブールを馬小屋から連れ出しました。

牧場の草原は太陽の光に満ちていて、ブールは天上にいるようだと思いました。

虫を追いかけたり、小川で水浴びをしたりして、たくさん走り回りました。

「恵子《けいこ》ちゃーん」

だれかのよぶ声がします。ふり返ってみると、いとこの忠《ただし》です。

「はーい。忠《ただし》くん」

忠《ただし》は時々、恵子《けいこ》ちゃんのいる馬牧場に遊びに来ます。

「そこのヒマワリ畑の牧草地にお母さん馬と仔馬《こうま》がいたけれど、この仔馬《こうま》はひとりぼっちなの？」

忠《ただし》がプールを見ながらたずねました。

「うん、青は迷子《まいご》の仔馬《こうま》なの。お母さんをさがさなくちゃ……」

「青という名前なの？」

「うん、たてがみに青い毛があるから。お父さんがつけたのよ」

このあと、ブールは忠《ただし》とも牧場を走り回って、ヒマワリ畑近くの牧場にいた親子の馬たちも、牧場の人に引かれて小屋に帰るころになりました。

「青、帰ろうか。忠《ただし》くんももうおうちに帰るから」

その時、忠《ただし》が声を上げました。

「虹《にじ》が出ているよ！　あの山の上のところに、虹《にじ》が出ている」

恵子《けいこ》とブールも顔を上げ、遠くの山を見ました。

虹《にじ》は、天上の大神様が竜《りゅう》のひく車に乗って、たくさんの天馬に先導《せんどう》されてお出かけする道なのです。

（お母さんが迎《むか》えに来てくれたのかな）

ブールはうれしさに体をふるわせました。

郵 便 は が き

料金受取人払郵便

新宿局承認

2524

差出有効期間
2025年3月
31日まで
(切手不要)

1 6 0-8 7 9 1

141

東京都新宿区新宿1－10－1

(株)文芸社

愛読者カード係 行

ふりがな お名前		明治 大正 昭和 平成 年生
ふりがな ご住所	□□□-□□□□	性別 男
お電話 番 号	(書籍ご注文の際に必要です)	ご職業
E-mail		

ご購読雑誌(複数可)

ご購読新聞

最近読んでおもしろかった本や今後、とりあげてほしいテーマをお教えください。

ご自分の研究成果や経験、お考え等を出版してみたいというお気持ちはありますか。

ある　ない　内容・テーマ(

現在完成した作品をお持ちですか。

ある　ない　ジャンル・原稿量(

名				
上 占	都道 府県	市区 郡	書店名	書店
			ご購入日	年　　月　　日

をどこでお知りになりましたか?

書店店頭　2.知人にすすめられて　3.インターネット（サイト名　　　　　　）

)Mハガキ　5.広告、記事を見て（新聞、雑誌名　　　　　　）

質問に関連して、ご購入の決め手となったのは?

タイトル　2.著者　3.内容　4.カバーデザイン　5.帯

)他ご自由にお書きください。

（　　　　　　　　　　　　　　　　　　）

についてのご意見、ご感想をお聞かせください。

容について

バー、タイトル、帯について

弊社Webサイトからもご意見、ご感想をお寄せいただけます。

ありがとうございました。

せいただいたご意見、ご感想は新聞広告等で匿名にて使わせていただくことがあります。

様の個人情報は、小社からの連絡のみに使用します。社外に提供することは一切ありません。

籍のご注文は、お近くの書店または、ブックサービス（0120-29-9625）、

ブンネットショッピング（http://7net.omni7.jp/）にお申し込み下さい。

「ぼく、虹《にじ》を見るたびに思うのだけれど、虹《にじ》の始まりはどこで、終わりはどこなのかな。いつかそこまで行ってみようと思うんだ」

忠《ただし》が恵子《けいこ》に言いました。

「ここの草原では美しい虹《にじ》をよく見るよ。あれ、青が体をふるわせてよろこんでいるわ」

「本当だね。きっと明日も天気だね」

夏もすぎて、秋になりました。

風の冷たい夜、ブールはひとり馬小屋で、雲の上のこと、お母さんのこと、イエーロのことを夢《ゆめ》に見ました。そうなるともう雲の上に帰りたくてしかたなくなりました。

でも、なによりも、天上からいっしょに落ちたイエーロのことが気がかりです。

そこで、朝になるのも待てず太陽の光が牧場にさしてこないうちから、ブールは馬小屋から出てイエーロをさがしに出かけました。

牧場はのどかでおだやかでしたが、牧場から外に出ると、いばらのたくさんはえている林や森があったり、けわしい山があったりして、イエーロをさがすのはたいへんでした。のどがかわいて水を飲もうとしても、なかなか川の岸まで行けません。

でも、ブールはイエーロをさがしつづけました。

何日も何日も……力のかぎりがんばりました。さがしにさがして、のどがかわいたブールは、林の中にある泉《いずみ》に来ました。

泉《いずみ》の近くから歌声が聞こえてきます。泉《いずみ》のそばに女の子がいました。

ブールは女の子を見て、なつかしさのあまり、すぐに走りよりました。恵子《けいこ》です。

恵子《けいこ》も、青が急にいなくなったので、青をさがして、この泉《いずみ》にたどりついたのです。

「青！　心配したのよ。……青は何をさがしているの？」

ブールが出会った時から何かをさがしているということを、恵子《けいこ》もわかっていたようです。

ブールはいっしょうけんめいに、恵子《けいこ》にイエーロのことを伝えようとしたけれど、恵子《けいこ》にはわかりません。ただ、大事な何かをさがしていることだけはわかりました。

泉《いずみ》の水でのどをうるおしたブールは元気が出たようです。また、あちらこちらをさがし回りました。

もう夕方です。ブールは恵子《けいこ》のことが心配になりました。

「恵子《けいこ》さん、もう夕方ですよ。おうちに帰らないと、お父さんとお母さんが心配されますよ」

ブールは体を恵子《けいこ》によせて帰るように伝えました。

秋の月が野山を照らし始めていました。

「おーい、おーい。恵子《けいこ》、いるか」

お父さんの声がしました。

「お父さん、ここよー」

恵子《けいこ》はすぐに返事をしました。

朝、お父さんは恵子《けいこ》が青の小屋をのぞいて、家を出て行くのを見ていました。家を出たきり姿《すがた》を見ていないので、夕方、あたりがうす暗くなってきて心配になりさがしに来たのです。

恵子《けいこ》の声に安心したお父さんはすぐにやって来ました。

「恵子《けいこ》、青に会えたんだね。でももうすぐ暗くなって、道がわからなくなってしまうよ、帰ろう」

お父さんは恵子《けいこ》の手をとり歩きだしました。

「お父さん、ちょっと待って」

恵子《けいこ》はブールを見ました。ブールは恵子《けいこ》の方を見て「ありがとう、もう行って」というように首をふりました。

「青も小屋に帰りたければ、恵子《けいこ》の後をついてくるよ」

お父さんが言いました。

恵子《けいこ》はそうだなと思って、お父さんに手を引かれて暗い道を歩き出しました。

でも、恵子《けいこ》の思いとちがい、青はついてきませんでした。

「今日も夕方、西の空に大きな虹《にじ》が出たよ。明日もいい天気だよ。明日の学校参観日、お父さんも行くよ」

心配そうな恵子《けいこ》を気づかって、お父さんは明日の話をしながら、暗くなり始めた道を帰りました。

ブールはそんな二人をしずかに見送りました。ブールは今夜、この泉《いずみ》近くの林で休むことにしました。

風が冷たく、なかなかねむれません。天上の故郷《ふるさと》のこと、黄色いたてがみのイエーロのこと……頭の中に次々と出てきます。

朝になるのが待ち遠しく、まだ林にお日様の光がさしこんでこないうちに、またイエーロをさがしに出かけようと心を引きしめました。

その時です。馬のいななきが聞こえてきました。ひづめの音もしました。そして、ひづめの音はだんだんに近づいてくるようです。

ブールは目を見開いて音のするほうを見つめました。だってそれは、わすれられないイエーロのいななきだからです。

ブールも負けずに大きくいななきました。

「ブール、ありがとう。ぼくは元気で天上にいるよ」

イエーロの声が聞こえました。そして、大神様の声もしました。

「ブール、がんばりましたね。あなたは天馬です。友だちを思うあなたの心の強さが、あなたの翼《つばさ》を大きくしました。ブール、あなたはもう、天上まで飛ぶことができますよ」

ブールはじっと天空を見上げました。

今までわすれていましたが、背中《せなか》にあるのはコブではなかったのです。ブールにとって大切なもの。これは天馬には大切な「翼《つばさ》」でした。

でも、ブールはまだ翼《つばさ》を使って飛んだことがありません。だからやっぱりイエーロのいるところまで歩いて行こうと思いました。

イエーロのいななきが聞こえてきた方向にはけわしい山が見えます。枯《か》れたススキの穂《ほ》が折り重なったようになった森もあります。岩がゴロゴロしている川原もあります。しかも川はとても深いようで、川をわたるのは無理そうです。

ブールは林をぬけ、森をこえて、川もやっとわたり、けんめいにイエーロをさがしました。でも、大神様の声とイエーロのいななきを聞いたものの、なかなかイエーロは見つかりませんでした。

夜になりさがしつかれたブールは、森の中の大きな木の根元で休むことにしました。そこからは色づき始めた山が遠くに見えます。

その時です。ふたたび、イエーロのいななきがして、ひづめの音もします。そして、だんだんに近づいてくるようです。

ブールはがばっと立ち上がり、大きく目を見開いて見つめました。ブールは大きくいいなきました。

月の光に照らされて、金色に光るたてがみをなびかせながら、イエーロが木々の間から飛び出してきました。

「ブール！」

「イエーロ！」

とうとうブールはイエーロに会うことができました。


「ブールとイエーロ、あなたたち、ここで何をしているのですか？」

大神様の代理で、竜《りゅう》のひく車に乗って天馬をしたがえ、夜の見回りをしておられた仙女《せんにょ》さまは、ちょうど森の上を通りかかった時、地上にいるブールとイエーロが見え、おどろいたようにたずねました。

この仙女《せんにょ》さまは、ちょっとばかりあわて者でした。ブールやイエーロにも、いえ、だれにも姿《すがた》が見えないのです。ブールとイエーロは上から声だけ聞こえてびっくりしました。

「どうして下界にいるのですか？」

ようやく姿《すがた》をあらわした仙女《せんにょ》さまは、ブールとイエーロに理由をお聞きになりました。

「イエーロ、あなたは先ほどまで、わたしといっしょに天空を走っていたでしょう。それがどうしてここにいるのですか？」

「はい、仙女《せんにょ》さま。ようやくブールを見つけて、わたしは仙女《せんにょ》さまに何も言わず、地上におりてきたのです」

「あなたがずっとさがしていたブールと会えたのね」

「はい。ようやく」

じつは雷《かみなり》におどろかされて天上から落ちた時、イエーロは空にういていた雲の上に落ちたのです。そして翼《つばさ》を使って飛び上がり、天上に帰れたのです。でも、ブールはそのまま地上に落ちてしまいました。

「ブール、あなたは雷《かみなり》におどろかされて下界に落ちた時、どうして翼《つばさ》を使わなかったの？　立派《りっぱ》な翼《つばさ》を持っているのに……。あなたのお母さんも心配されていましたよ。お母さん、どんなにおよろこびになるか……」

仙女《せんにょ》さまは、それから下界にいた時のことを聞き、ブールが翼《つばさ》を使ったことがないことを知ると、すぐに飛び方を教えてくれました。

そしていっしょに天上の故郷《ふるさと》へ帰ることにしました。

ブールを連れて天上に帰る時、仙女《せんにょ》さまはブールに聞きました。

「ブール、あなたは、お世話になった女の子に、どんなお別れを言ってきたの？　まさかお別れも言わずに帰ろうとしてないでしょうね」

「それが……お別れのごあいさつをしていないのです」

「まあ！　お世話になった女の子にお別れのごあいさつをしていないの。地上であなたを助けてくれたのでしょう？」

「はい。ぼくの言葉がわからないので、どうしたらいいのか……困《こま》っています」

困《こま》ったものだと言いながらも、仙女《せんにょ》さまはとにかくブールを連れて天上に帰りました。

天上にお帰りになった仙女《せんにょ》さまは、大神様にブールのことを報告《ほうこく》しました。

「ブールとイエーロが、雷《かみなり》におどろかされたことは聞かれていますね？」

「ブールとイエーロの母から、雷《かみなり》にいたずらされて地上に落ちたということは聞いた。イエーロは天上にもどれたが、ブールが地上まで落ち、なんとか助けたいと天上から空を飛ぶように言ったのだが、思うようにいかなかった」

「わたしのおともをしていたイエーロが、地上にいたブールを見つけましたよ」

仙女《せんにょ》さまがほこらしげに言いました。

「それでブールは今、どうしているのだね？」

「ブールもやっと翼《つばさ》を使えるようになったので、連れて帰ってきました」

「おお、それはご苦労」

そして、仙女《せんにょ》さまは、ブールがお世話になっていた女の子のことを話しました。

「ブールのいた泉《いずみ》の近くに住んでいる女の子だと思います。ブールが無事に天上に帰ってこられたのは、その子のおかげです。さがし出してお礼がしたいのです。ブールもきっとそう思っています」

仙女《せんにょ》さまは大神様に、女の子にお礼がしたいとお願いしました。

「そうだね。どんなお礼がいいかな」

黄色に色づいたイチョウの葉が、一枚一枚《いちまいいちまい》と落ちてきて、冬がやって来ました。牧場の草原も枯《か》れ草になって、馬たちも小屋にこもりがちになります。

広々とした牧場では、子どもたちがのびのび遊び回っています。

「あっ、虹《にじ》が見える」

はるか遠くに見える山の上に、虹が見えました。

「青がいなくなった時にも虹《にじ》が見えたね。青と虹《にじ》……何か関係があるのかな」

忠は首をかしげました。

「恵子《けいこ》ちゃんも見たよね」

恵子《けいこ》はじっと遠くの空を見上げていました。

この時、天上の大神様は、恵子《けいこ》や忠《ただし》たちの様子を見ていました。

冬の短い日は暮《く》れようとしています。お日様が山の端《は》にかかり始めました。

忠《ただし》や牧場で遊んでいた子どもたちは、

「カラスが鳴くから帰ろう」

「お月様の出ないうちに帰ろう」

友だち同士《どうし》で帰り始めました。

広い草原に恵子《けいこ》一人が残されました。山の上のお日様を、恵子《けいこ》はなんとなく見上げました。

すると、馬のような形をした黒い点が見えました。その黒い点々の中に、馬車のようなものが見えます。

「あれは何だろう」

目をこらして見つめました。でも、その黒い点がいつの間にか消えていました。

恵子《けいこ》もそろそろ帰ろうとした時、聞き覚えのある馬のいななきとひづめの音が近づいてきました。

「あっ、青！　どこにいたの？」

なんと、青の背《せ》には翼《つばさ》があります。青は黄色い翼《つばさ》を持った馬といっしょです。

「恵子《けいこ》さん」

今までは恵子《けいこ》には青の言葉はわかりませんでしたが、今ははっきりとわかりました。

ブールとイエーロが恵子《けいこ》のそばにおり立ちました。

「青、会いたかったよ。翼《つばさ》、立派《りっぱ》だね」

恵子《けいこ》はブールとイエーロの翼《つばさ》をなでながら言いました。

「恵子《けいこ》さん、わたしを〝青〟とよんでくれていましたが、わたしの名前はブールと言います。この子はイエーロと言います」

恵子《けいこ》は「ブール」と言いながら翼《つばさ》をなで、また「イエーロ」と声をかけてイエーロの翼《つばさ》もなでました。

すると、天馬に導《みちび》かれて竜《りゅう》にひかれた車に乗った大神様が、恵子《けいこ》のもとにやって来ました。立派な車がとつぜん目の前にやって来たので、恵子《けいこ》はびっくりしてしまいました。

車から降りられた大神様は、恵子《けいこ》に言いました。

「あなたが、恵子《けいこ》さんですね。ブールが大変にお世話になりました。ブールが無事で過《す》ごせたのは、恵子《けいこ》さんのおかげです。わたしからお礼を申しあげます」

大神様はふかぶかと頭を下げられました。

「恵子《けいこ》さん、本当にありがとう」

ブールとイエーロも頭を下げました。

「恵子《けいこ》さんに何かお礼をしたいと思いまして、いろいろと考えました。ブールも、恵子《けいこ》さんが好きではなれたくないようなので、恵子《けいこ》さんを天上に連れて行こうかと思いますが……竜《りゅう》の車に乗ってみますか？」

大神様は恵子《けいこ》におたずねになりました。

恵子《けいこ》は大変に興味がありましたが、夕刻《ゆうこく》がせまっていたので「はい」という返事はできません。大神様はそれを察して、

「もう帰らないとおうちでお父さんとお母さんが心配しますね。今度会った時、ブールのいる天上のお話をしましょう」

「はい……ブール、また会える？」

「……大神様にお願いをして、また虹《にじ》の橋をわたってきます」

ブールがそう言うと大神様もにっこりわらってうなずきました。

「よかった。じゃあ、またね」

安心したような恵子《けいこ》の帰って行く姿《すがた》を、大神様とブールとイエーロは見送りました。

虹《にじ》がかかりました。

その空にぽっかりうかんだ雲を、よく見てごらん。

かわいらしい女の子と、たてがみの青い馬と黄色い馬が、楽しそうに走り回っているのが見えるよ。

著者プロフィール

竹川 新樹（たけかわ あらき）

栃木県生まれ
東京都での教職を定年退職
現在は、音楽会へ行ったり、絵を描いたり、海外旅行に出かけたり、趣味を楽しんでいる。
既刊書に『銀閣寺の女』（2003年『愛する人へ3』に収録）と『その花は、その花のように』（2013年）『家族の詩』（2014年）『夢に導かれ』（2015年）『ランドセルの秘密』（2016年）『わたしのドン・キホーテ』（2017年）『百の幸せを追いかけて』（2018年）『鎮守様の森で』（2018年）『悪意なき殺人』（2019年）『故郷の懐かしき山』（2020年）『幸福を呼ぶみどりの石』（2021年）『春になったら』（2021年）『花ごよみ』（2022年、すべて文芸社）がある。

カバー・本文イラスト

金 斗鉉

地上に落ちた天馬

2023年10月15日　初版第1刷発行

著　者　竹川 新樹
発行者　瓜谷 綱延
発行所　株式会社文芸社
〒160-0022　東京都新宿区新宿1－10－1
電話　03-5369-3060（代表）
03-5369-2299（販売）

印刷所　図書印刷株式会社

ISBN978-4-286-24161-6